반짝반짝 별이 빛났어요

미야니시 타츠야 글·그림 | 고향옥 옮김

옛날 옛날 아주 먼 옛날,
이 세상에는 많은 공룡이
살고 있었어요.
힘센 공룡, 착한 공룡,
겁쟁이 공룡,
그리고……

달리

모두가 싫어하는 공룡도 있었죠.

"헤헤헤, 여기서 떨어지면 뼈가
똑 부러질 거다. 헤헤헤헤······."
타페야라는 심보가 몹시 고약한 공룡이었어요.

마시아카사우루스는 치사하고
약아빠진 공룡이었죠.

어린 브라키케라톱스가
따 온 과일을 빼앗고
이렇게 약 올리는 거였어요.
"낄낄낄, 맛있겠는걸!
이건 내가 죄다 먹어 주마.
낄낄낄……."

그리고 티라노사우루스는
세상에서 가장 사나운 공룡이랍니다.

타페야라, 마시아카사우루스,
그리고 티라노사우루스는
모두가 싫어하는 공룡이었죠.
셋은 늘 붙어 다니며
모두를 못살게 굴었어요.

"꺄악, 살려 줘!"
"으허허허, 빨리 안 도망가면
밟아 뭉개 버리겠다!
다 잡아먹어 버릴 테다!
으허허허……."
그날 밤…….

타페야라가 이렇게 말했어요.
"헤헤헤……. 다들 '꺄악, 살려 줘!' 하고
울면서 도망쳤습니다요.
과연 티라노사우루스 형님입니다!
무슨 일이 있어도 저는 형님과 함께
하겠습니다요.
죽을 때도 따라 죽겠습니다."

마시아카사우루스도 지지 않고 말했죠.
"저도 무슨 일이 있어도
티라노 형님과 함께 있겠습니다요.
형님을 지켜 드리겠습니다!
우리는 진짜 친구니까요.
낄낄낄낄……."
그 말을 들은 티라노사우루스는 흐뭇해서
허허허 웃었어요.

다음 날, 셋은 바위산으로
프테라노돈의 알을 훔치러
함께 갔어요.

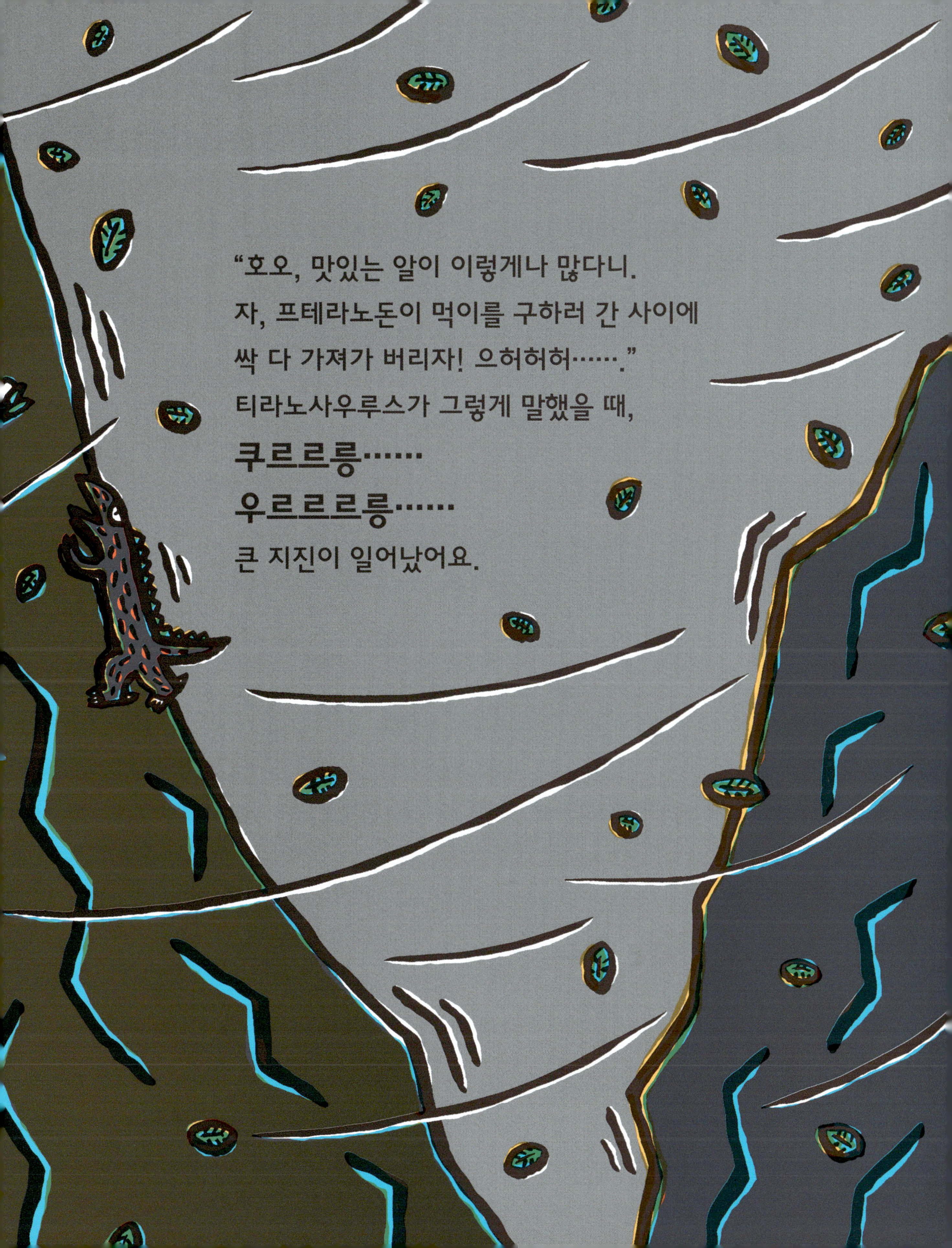

"호오, 맛있는 알이 이렇게나 많다니.
자, 프테라노돈이 먹이를 구하러 간 사이에
싹 다 가져가 버리자! 으허허허……."
티라노사우루스가 그렇게 말했을 때,
쿠르르릉……
우르르르릉……
큰 지진이 일어났어요.

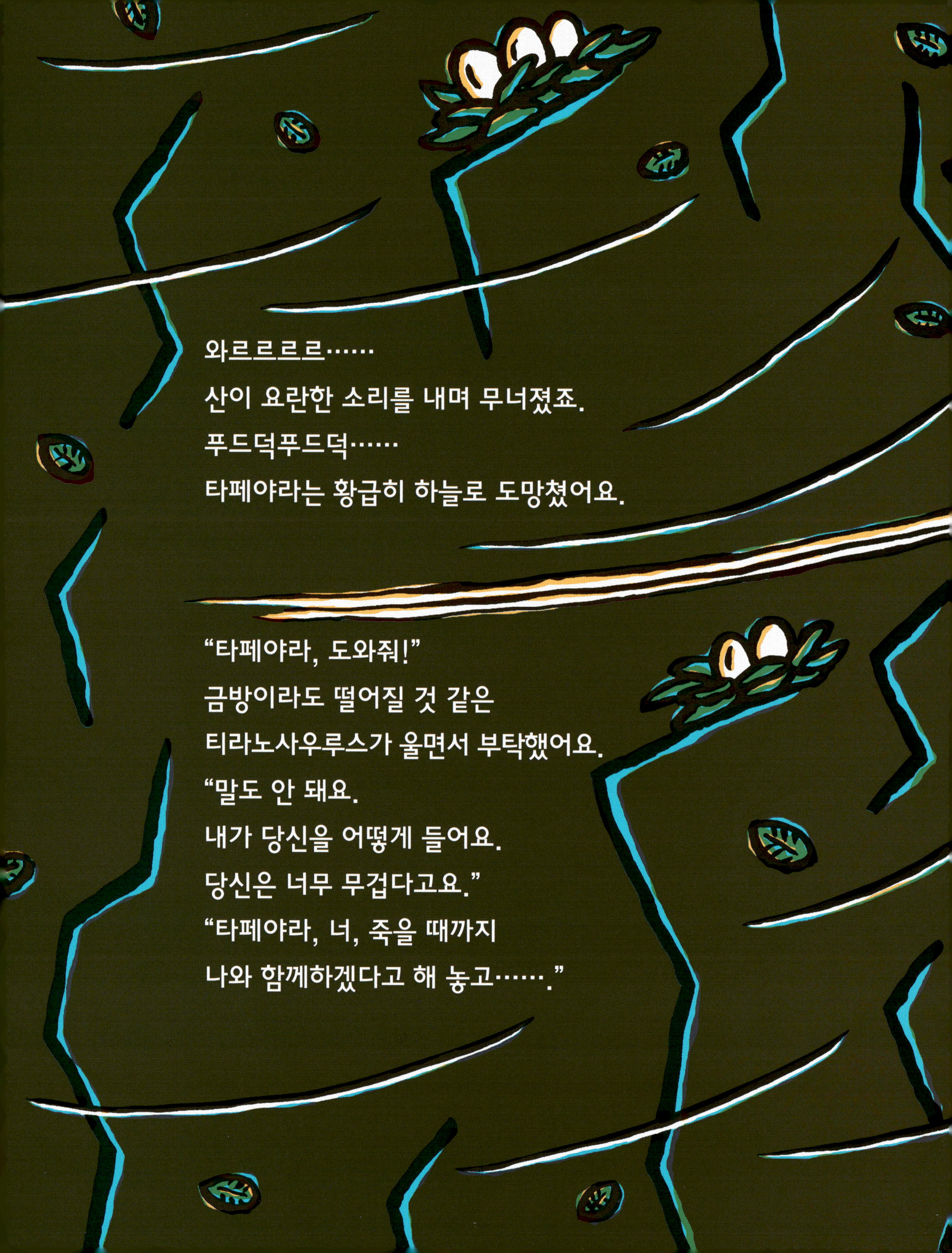
와르르르르……
산이 요란한 소리를 내며 무너졌죠.
푸드덕푸드덕……
타페야라는 황급히 하늘로 도망쳤어요.

"타페야라, 도와줘!"
금방이라도 떨어질 것 같은
티라노사우루스가 울면서 부탁했어요.
"말도 안 돼요.
내가 당신을 어떻게 들어요.
당신은 너무 무겁다고요."
"타페야라, 너, 죽을 때까지
나와 함께하겠다고 해 놓고……."

"헤헤헤, 내가 언제 그랬지?"
타페야라는 그렇게 말하고
휙 날아가 버렸죠.

흔들흔들흔들…….
와르르르…….
"으아악——!"
티라노사우루스는 온 힘을 다해
바위에 매달렸어요.

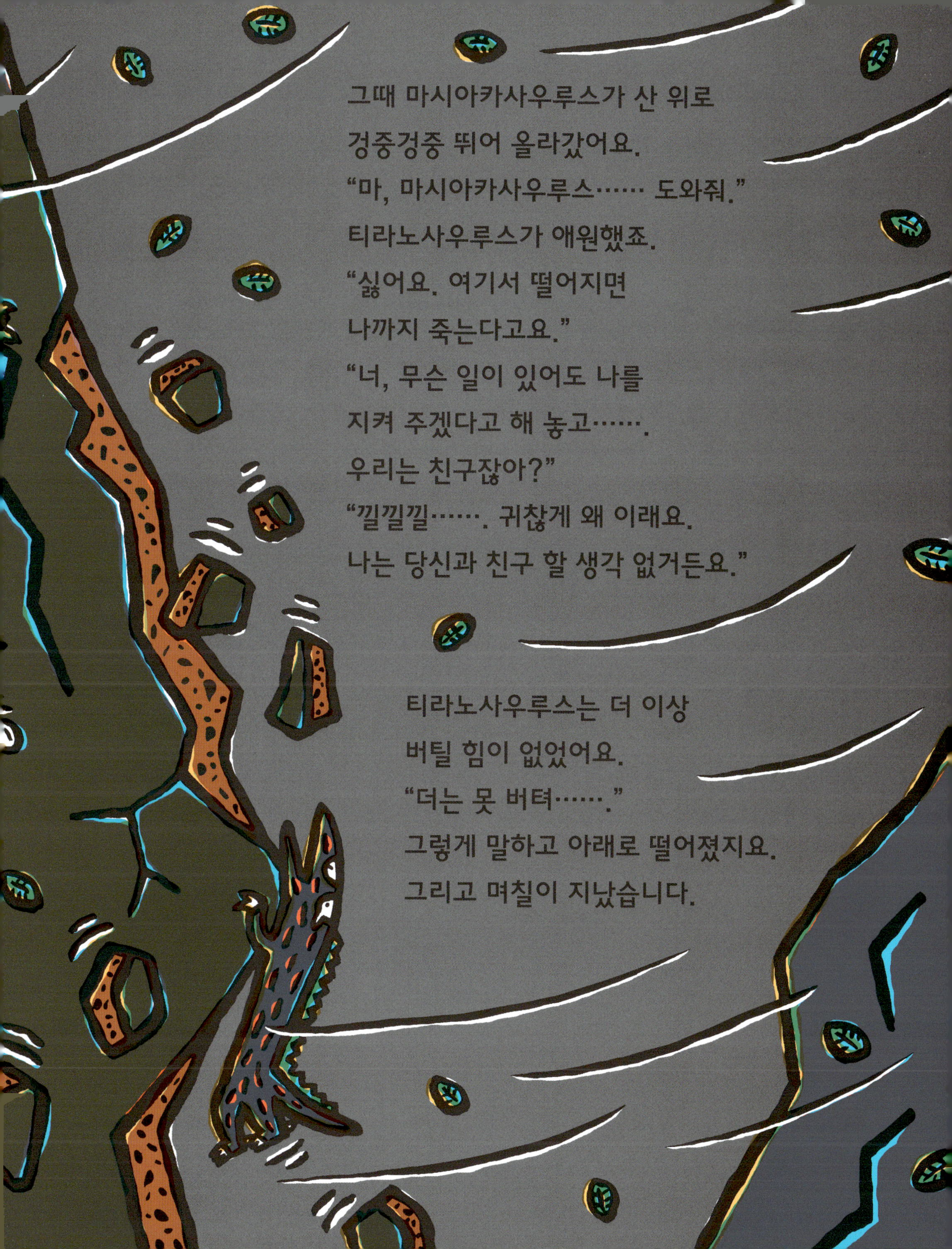

그때 마시아카사우루스가 산 위로
경중경중 뛰어 올라갔어요.
"마, 마시아카사우루스…… 도와줘."
티라노사우루스가 애원했죠.
"싫어요. 여기서 떨어지면
나까지 죽는다고요."
"너, 무슨 일이 있어도 나를
지켜 주겠다고 해 놓고…….
우리는 친구잖아?"
"낄낄낄……. 귀찮게 왜 이래요.
나는 당신과 친구 할 생각 없거든요."

티라노사우루스는 더 이상
버틸 힘이 없었어요.
"더는 못 버텨……."
그렇게 말하고 아래로 떨어졌지요.
그리고 며칠이 지났습니다.

"으으윽……."
정신이 들자, 티라노사우루스는
낭떠러지 밑 동굴 속에 있었어요.
온몸이 상처투성이였죠.

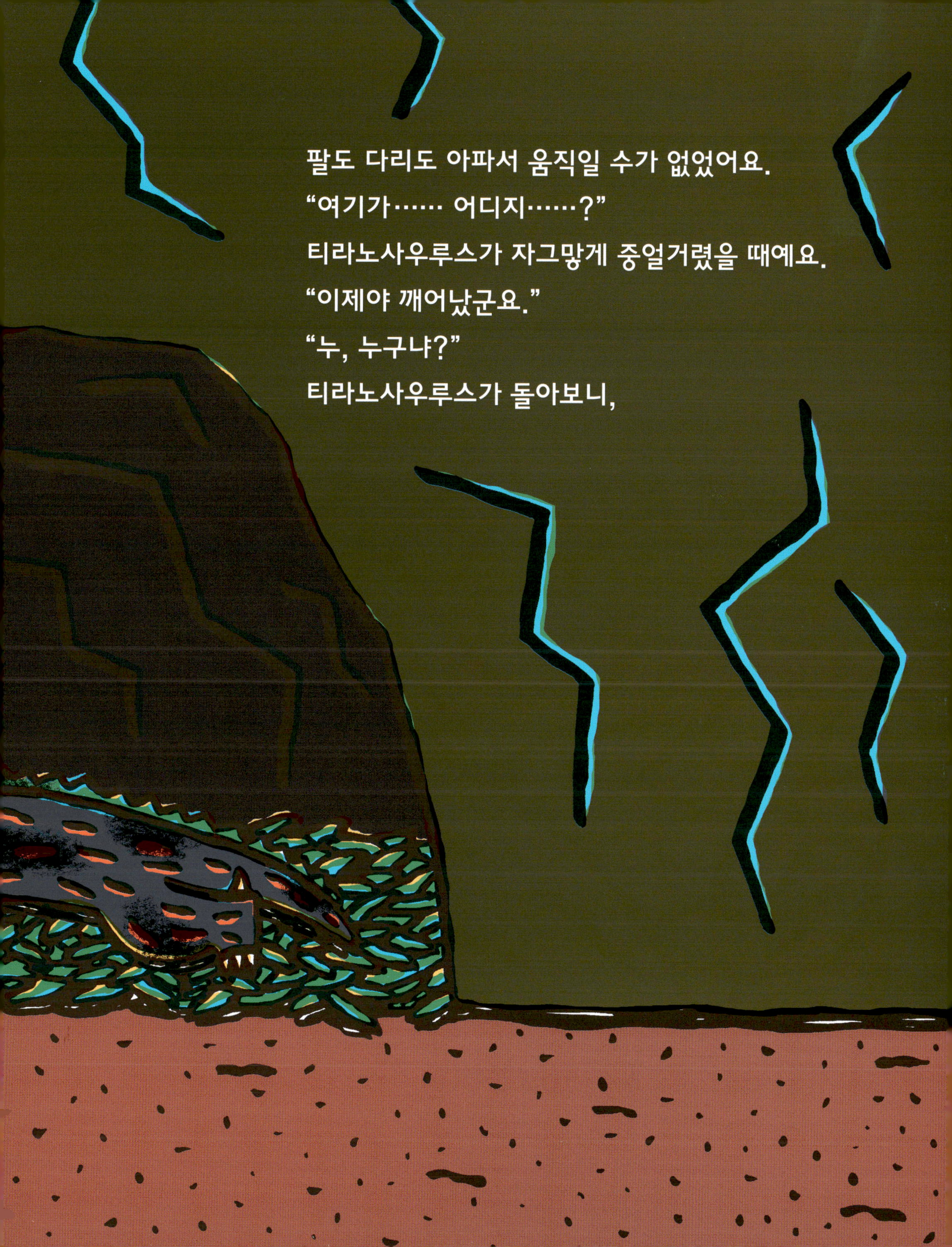

팔도 다리도 아파서 움직일 수가 없었어요.
"여기가…… 어디지……?"
티라노사우루스가 자그맣게 중얼거렸을 때예요.
"이제야 깨어났군요."
"누, 누구냐?"
티라노사우루스가 돌아보니,

발톱이 기다랗고 무시무시하게 생긴
공룡이 있지 뭐예요.

"으윽……."
티라노사우르스는 도망치고 싶어도 온몸이 아파 꼼짝할 수가 없었죠.

"나는 데이노케이루스예요. 이름은 디케루.
이 빨간 열매를 바르면 상처가 아물 거예요."

"나를 도와주는 거냐? 어, 어째서……?"
"모두 아저씨를 싫어하잖아요.
나도 아저씨랑 같은 처지니까요.
이 발톱 때문에 아무도 나한테 다가오지 않아요.
그래서 친구도 없고……, 외로워요. 나는 외톨이예요."
"치, 친구……. 그럼, 내가 친구가 돼 줄까?"

"저, 정말요!"
기뻐하는 디케루를 보며
티라노사우루스는 생각했어요.
'친구란 배신하는 거란다……. 으허허허…….
상처가 다 나으면 너를 잡아먹어 주마.'

디케루는 날마다 날마다 티라노사우루스에게
빨간 열매를 발라 주었어요.
"아저씨, 상처가 다 나아도 나랑 함께 있어요.
무슨 일이 있어도 죽을 때까지 쭈욱 함께 있어요."

기쁜 듯이 말하는 디케루를 보며 티라노사우루스는 생각했죠.
'타페야라도…… 똑같은 말을 했지. 누가 믿을 줄 알아…….'

디케루 덕분에 티라노사우루스의 상처는 조금씩 조금씩 나아 갔어요.
"아저씨, 무슨 일이 있어도 함께 있어요. 언제나 함께 있어요.
내가 지켜 줄게요."

디케루의 말을 듣고 티라노사우루스는 생각했어요.
'마시아카사우루스도…… 똑같은 말을 했지. 누가 믿을 줄 알아…….'

둘은 늘 함께 잤어요.
"아저씨랑 친구가 돼서 기뻐요……."
티라노사우루스가 디케루를 슬쩍 돌아보았어요.
"……."
"뭐야, 잠꼬대였잖아."

그날 밤, 티라노사우루스는 좀처럼 잠이 오지 않았어요.
그래서 작게 말해 봤죠.
"친, 구."

티라노사우루스는 몸이 점점 좋아져서
이제 자리에서 일어날 수 있게 되었어요.

"아저씨, 이렇게 생긴 나랑 친구가 돼 줘서 고마워요.
나…… 이제 외톨이 아니죠?"
디케루의 눈물이 티라노사우루스의 등에 똑 떨어졌어요.

어느 날, 디케루는 우뚝 솟은 바위산을
올려다보고 불쑥 말했어요.
"아저씨랑 같이 이 바위산 위에만 열리는
특별한 빨간 열매를 먹으러 가고 싶어요."

"특별한 빨간 열매?"
티라노사우루스가 물었어요.
"네, 그 빨간 열매가 엄청 맛있대요.
그리고 그걸 먹으면 엄청 행복해진대요."

"자, 가자! 따라와!"
티라노사우루스가 비틀비틀 일어나 말했어요.
"어, 어디 가요?"
"어디긴. 네가 가고 싶어 하는 바위산 위지.
거기 가서 맛있는 걸 먹자."

"하지만 아직 아저씨 상처가 다 낫지 않았는걸요."
"괜찮아."
그렇게 말하고 티라노사우루스는 바위를 오르기 시작했어요.

둘이 바위산을 오르는데,
별안간 주위가 깜깜해졌죠.
쿠르르릉…….
커다란 지진이 일어난 거예요.
디케루는 기다란 발톱으로
바위를 꽉 붙들었지만,

티라노사우루스는
떨어지고 말았어요.

다행히 떨어지면서 나뭇가지를
잡았지요. 하지만 티라노사우루스는
아직 몸이 완전히 낫지 않았거든요.
"힘이 없어…….
이, 이제 틀렸어……."
티라노사우루스가 손을 놓은
바로 그때였어요.

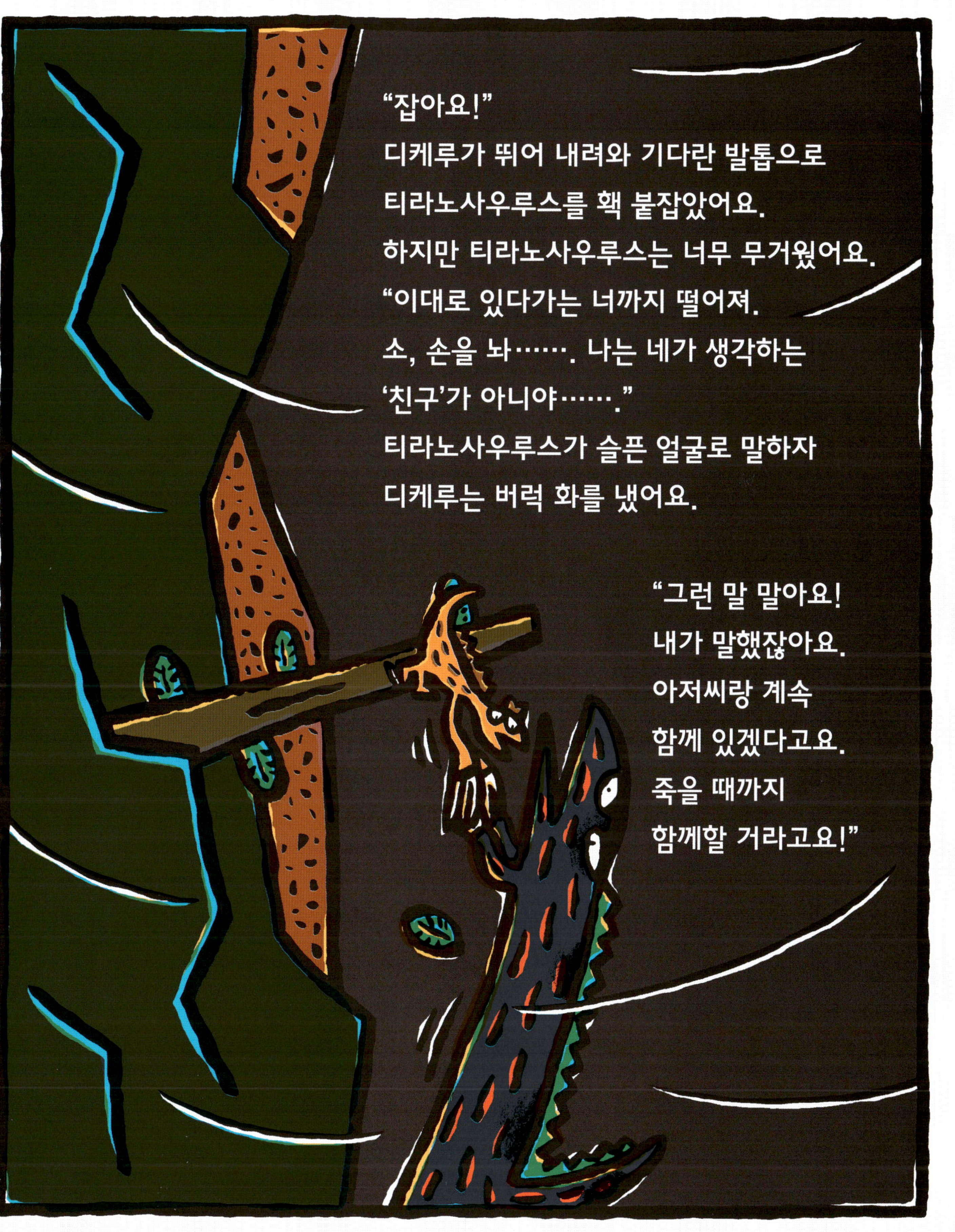

"잡아요!"
디케루가 뛰어 내려와 기다란 발톱으로
티라노사우루스를 홱 붙잡았어요.
하지만 티라노사우루스는 너무 무거웠어요.
"이대로 있다가는 너까지 떨어져.
소, 손을 놔……. 나는 네가 생각하는
'친구'가 아니야……."
티라노사우루스가 슬픈 얼굴로 말하자
디케루는 버럭 화를 냈어요.

"그런 말 말아요!
내가 말했잖아요.
아저씨랑 계속
함께 있겠다고요.
죽을 때까지
함께할 거라고요!"

"아, 아저씨는 다 나으면
나를 잡아먹을 생각이었죠?
그래도 좋아요! 살아만 있어 줘요!"
디케루의 눈물이 티라노사우루스에게
뚝뚝 떨어졌어요.

캬오——!
티라노사우루스는 갑자기
크게 소리치고는,

다정한 목소리로 말했어요.
"고맙다, 디케루."
그리고 디케루의 손을 뿌리치고
천천히 떨어져 내렸어요.

"아, 아저씨……."

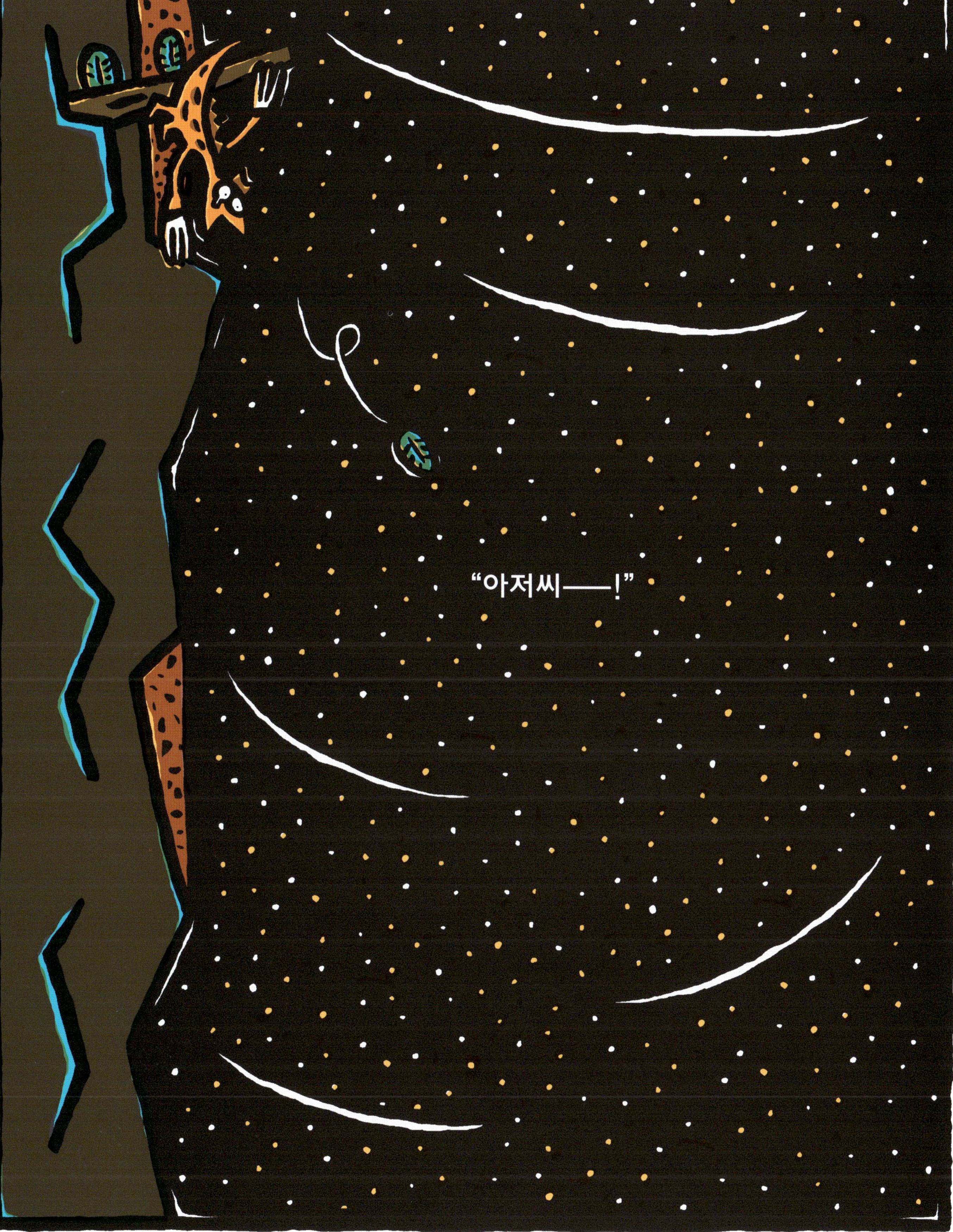

"아저씨──!"

디케루가 황급히 뛰어 내려가 보았지만
티라노사우루스는 조용히 눈을 감은 채
움직이지 않았어요.
"아저씨, 아저씨, **아저씨——!**"
디케루의 울음소리가 밤하늘로 퍼져 나갔어요.

바로 그때였어요.
"너를 절대로 외톨이로 두지 않으마.
너는…… 내…… 친구니까……"
티라노사우루스가 그렇게 말하고 미소 짓자,
밤하늘에서 반짝반짝 별이 빛났어요.